엘리트 시선 22

시와 자연의 소리

마 영 임 시집

엘리트출판사

국립중앙도서관 출판예정도서목록(CIP)

시(詩)와 자연의 소리 : 시집 / 지은이 : 마영임. — 서울 : 엘리트출판사, 2018
p. ; cm

ISBN 979-11-87573-11-1 03810 : ₩10000

한국 현대시[韓國現代詩]

811.7-KDC6
895.715-DDC23 CIP2018009468

시와 자연의 소리

마 영 임 시집

엘리트출판사

□ 서문(序文)

자연의 소리, 그 상관성(相關性)

적지 않은 세월을 살아오면서 순간순간 보고 느꼈던 심중소회(心中所懷)를 나름대로 간추려 나열합니다.

파르스름한 연기 속에 그리운 얼굴들이 명멸하는 소소한 그리움, 아지랑이 스멀거리는 봄 봄, 시샘 속 앞다투어 꽃피우는 봄날의 칸타타 등.
어김없이 순환하는 고운 계절만큼이나 아름다운 글을 쓰고 열정으로 그려낸 문장들을 붉게 물들이고 싶습니다.

돌이켜 보면 세상 모든 자연의 이치는 스승이 아닌 것이 없으며 녹록지 않은 문학과의 동행으로 미력이나마 자연의 일부가 되어 글 밭에서 피어나는 빛 고운 향기가 가슴속을 촉촉이 적시는 세상살이 느낌과 설렘을 함께 나눌 수 있기를 기대합니다.

한밤중에 뜬 일편명월(一片明月)이 산골 마을을 환하게 비추듯이 혼이 살아있는 소중한 시간, 석양에 비친 그림자의 풍경도 소홀함 없이 그윽하게 살펴 피력하려 했지만, 막상 세상에 내놓으려니 아쉬움이 앞서고 얇은 옷에 속살이 비칠까 하는 마음처럼 조심스럽습니다.

확확 거리는 더위를 뚫으며 묵묵히 사유(思惟)의 깊이를 더하다 보면 언젠가는 더욱 향기롭고 튼실한 열매를 맺을 수 있으리라 생각합니다.

저의 시편을 만나는 소중한 독자님들의 많은 사랑을 기대하면서 이 책이 나오기까지 도와주신 분들께 무한한 감사와 애정을 보냅니다.

2018년 화사한 봄날에

淸香 마영임

제1부 탄생의 울림

제2부 한낮의 망중한

제3부 우산

제4부 가을 소묘

第5부 요가

광채(光彩)

뭇 시선 사로잡는
한 떨기 선홍빛 달리아

눈부신 꽃잎의
화려한 향기

격정의 떨림으로
활짝 나래 펼친 영광의 춤사위

화려함에 숨어 얼비치는
조용한 희생

햇살과 바람 그리고 빗방울.

제 1 부

탄생의 울림

싱그러운 바람결도
돌돌 도랑물에도
꿈틀거리는 자연의 숨소리 들린다

꽃바람

남녘 섬 골
너럭바위에 성긋이 쉬던 바람
꽃향기 몰고 온 해류에 떠밀려
북상하는 날갯짓 훈훈하다

벌판에 이르러
멋대로 쏘다니는 들바람 붙잡아
줄줄이 엮은 훈풍 타래
보드라운 오월 같이 나부끼어
꽃눈에 풀씨에 연보라 향수 뿌린다

봄을 깨우는 외침

오색 꽃물 함빡 배인
쌍끌이 휘장이 스치는 곳곳마다
툭툭 터지는 꽃망울
갖가지 새잎도 새파랗게 눈 뜬다

쉼 없이 내달리다
높은 바위 어디쯤에서

둘러멘 소명 걸쳐 놓고
꽃 빛이 불타는 골골을 돌아보며
턱밑까지 차오르는 숨 고른다.

사월 어느 날

고독의 그림자가
창가에 걸터앉아
빠끔히 들여다보고 있다

야린 가슴에
보글거리는 소소리바람 기포를
어림으로 알아낸 겐가

아마도
내 안 깊숙이에 똬리 틀어
들어앉을 요량인 게지

주체할 수 없는 열병에
몸살 하는
지척에 둔 그리움 보따리
실타래 엉키듯
얼기설기 꼬인 끈적한 사연

목 늘어지는 기다림에
그저

먼발치서 서성거릴 뿐인 것을

가슴 휘젓는 어설픈 기억쯤은
무심할 수 있는
소박한 여유 부리고 싶다.

진달래꽃

훈풍에 설레어 몸살 하는 봄처녀
부추기는 봄 물결에 발그레 홍조 띠누나

산등성이 감아 도는 분홍빛 여울

살랑대며 치맛자락 휘날리어
설렘 풀었는가
꽃신 신고 산자락에 팔랑거려
꽃물 연서 띄웠는가

이산 저산 연정을 잉태한 꽃봉오리
수줍듯 터트리며 숨어가다

계곡의 물소리 산허리에 걸치면
연두 잎 하나둘
늠실늠실 계절풍에 너울거린다.

산수유

산모롱이 돌아 펼쳐지는
평온한 전원 풍광

모퉁이에 만발한 산수유 꽃숭어리
가물가물 아지랑이 피어오르고
무르익은 향취 물씬하다

어둠을 가르는 요요한 달빛
심연에 꿈틀거리는 격정
가슴 떨림 한복판을 온밤 숨비어
단아함 젖혀 터트린 노란 폭죽

산새 우는 청쾌한 봄날
웅비하는 꿀벌의 날개를 빌려
천리향으로 산등성이 넘는다.

봄의 여신

봄이 열릴 때
겨울 끝자락 붙들고
나풀거림 없는 고고한 지조

따사로운 봄볕 마중에
색채의 여왕인 양
순백의 아홉 폭 명주치마 휘날리며
살포시 다가오는 목련화

긴 겨울 그 무엇을 가슴에 삭혀
눈부신 순수의 빛으로
세상에 피어나는지
열린 마음으로 하얗게 맞이합니다

삶이 요염할 때
재촉하는 봄의 전령들에
자신의 품 다 내어주고
화사한 기억들 뒤안으로
홀연히 갈잎 되어 스러지니

생을 누리지도 않은 채
허무를 배워버린 것처럼
잎을 틔우기도 전에 꽃을 피우는
고고한 자태 위에 애련한
순백의 청아한 미소

바라볼수록 그리움이 쌓여만 가고
설레는 바람결에
그대 향기 품어 봅니다

한없는 순수함을 지녔기에
시리도록 애잔한 가 봅니다.

춘삼월

햇빛이 유혹하는 삼월
만물이 보송보송 풋향기 뿜어
천지가 들썩거린다

상큼한 봄 향기에
두근거리고
곳곳에 널린 미소
발걸음도 설렁설렁
절로 춤춘다.

개나리 예찬

남녘 훈풍에 밀려오는 봄의 향연

겨우내 움츠리던 여린 숨결
은빛 햇살 틈으로 줄기 세워
온 세상 물감 풀어 흩뿌린 듯
샛노랗게 물들이는 봄의 전령이여

빗방울 맺힌 싱그러운 꽃무리
구릉마다 경이로운 한 폭의 수채화
시샘하는 찬 기운과 키재기하며
화사한 주렴으로 줄줄이 수놓았네

가슴 훈훈한 빛깔
무엇에도 견줄 수 없는
봄 햇살 살포시 꽃잎에 녹아든 희망 색감
계절을 아우르는 감미로운 향기

산들거리는 풋풋한 바람결에
유영하는 노란 삶
조화롭게 어우러진 대자연에
환하게 봄빛 밝히는 개나리.

봄의 언덕

터 가림없이 퍼질러 앉은
보송보송한 민들레 군락

긴 어둠 속
강인한 실핏줄 올올이 꿈틀거려
대지와 끈을 잇는 꽃 단추

시린 속내 강물에 띄우고
노란 똬리 쓴 환한 얼굴로
잠들어 있는 봄을 흔든다

환호하며 간질이는 봄바람에 파들거리다
신천지 향한 목마름에
마침내 대지와 잡았던 손을 놓고
앞장서는 바람이 이끄는 대로
폴폴 춤추는 포자

비행하는 홀씨
가시지 않은 한기에 입맞춤하는 골골마다
노랗게 봄이 떠오른다.

싱그러운 오월

신록 우거지는 오월
밤새 쏟아지는 빗줄기에
말갛게 씻긴 산야

뿌연 안개 틈으로
부서지는 햇살의 눈부심에
수런거리던 들풀 배시시 웃으며
싱그러운 아침을 깨우고

휘늘어진 푸르른 나뭇가지
간간이 손 내미는 실바람에
윤기 흐르는 여린 이파리
일제히 손 흔들어 너울너울 춤춘다.

탄생의 울림

탄생의 울림
성큼 다가서는 생명의 소리는
우듬지에 새 살 돋고
고목에 꽃 피운다

싱그러운 바람결도
돌돌 도랑물에도
꿈틀거리는 자연의 숨소리 들린다

간밤에 흠씬 뿌린 꽃비
거나하게 머금어 촉촉한 훈풍은
산지사방 꽃구름으로 산불 지피는데

소란스러운 바람새의 은빛 날갯짓에
돌 틈에서 숨죽이던 들풀도 샐쭉이 실눈 뜨고
버선발로 달려 나온 백목련이 해말갛게 벙근다.

청계산의 봄

청계산 능선에 풍악이 울리네

철쭉꽃 따라 흐르는 청아한 계곡
천상의 연주 넘실거리고

부챗살처럼 퍼지는 투명한 햇살에
대지를 뒤덮는 연초록 싱그러움

목청껏 소리 높인 산새들의 세레나데
메아리가 온 산을 넘나드는데

흥에 겨운 벌 나비
팔랑대며 초목을 휘젓는구나

아! 무릉도원.

새벽 산행

새벽 공기의
신선함이 박하 향처럼
가슴을 쓸어내린다

힘찬 발걸음 사이로
퇴색한 낙엽이
그림자처럼 파사삭거린다

새벽을 여는 이들의
경쾌한 인사는 또 하루를 시작하는
나팔 소리

희미한 안개 속에 고요는 기지개를 켜고
산의 정기가
마음속까지 뜨겁게 흘러든다

산정을 넘나드는 신선한 공기에
심신(心身)을 기대면 어느새
파랗게 하늘 열리고 축복의 동터 올라
창명(彰明)한 햇빛이 온 세상 뒤덮는다.

봄의 향연

창문 두드리는 빗소리도 아름다운
향기 가득한 봄

성급히 고개 내민 꽃봉오리
꽃가지 흔들어대는 꽃샘바람 시샘에
수줍게 움츠린다

기나긴 밤
사랑 여미던 달빛도 초연히
축제를 위해 환희를 토해낸다

촉촉이 적셔진 대지 위로
투두둑
실타래 풀리듯 새순 터지는 소리

아낙들의 치마폭에 봄 향기 그득하다.

민들레 사랑

춘풍 밀려오는 요란한 소리에
연초록 생명
화들짝 앞다투어 대지를 감싼다

겨우내 움츠리던 몽우리들
숨 고르며 싹을 틔워
제 살 불리기 한창인데

무상의 흐름에
먼 길 나서는 민들레
보송한 솜털 수북이 이고
홀씨 사랑 한 아름 품고서

산야 가득
터짐의 아픔 삭이어
스치는 바람결에 무더기로 풀어
저마다의 사연대로
따스한 봄의 둔덕에
송이송이 환하게 봄을 토한다.

제2부

한낮의 망중한

푸르름이 녹아내린 싱그러운 연정
구름 떼로 몰려와 너울거린다
넌출 휘늘어진 수양버들
그윽한 향기와
한낮의 포만에 스르르 감긴다.

무심한 세월

달달 볶는 막바지 뙤약볕

여름을 휘젓던 매미
악을 쓰며 울어 댄다

기우는 성하(盛夏) 막아서려는 듯
붙잡아 두려는 듯이

세상은 흘러간다

귀청 찢는 애절한 심경
아랑곳없이.

한낮의 망중한

수양버들 아래
귓불 간질이는 왁자한 바람 소리
질세라 따라나선 물소리 청량하다

해맑은 풀숲이
낯선 발걸음에 쫑긋대고
활짝 핀 영산홍의 뜨거운 가슴
아리도록 눈부시다

푸르름이 녹아내린 싱그러운 연정
구름 떼로 몰려와 너울거린다
댕그랑 부서질 듯한 햇살은
꽃잎 떨군 자리에 씨알 재촉하는데

넌출 휘늘어진 수양버들
송글 맺힌 땀방울에 실가지 살랑거려
그윽한 향기와
한낮의 포만에 스르르 감긴다.

초화(草花)

그 흔한 이름조차도 없는
여리디여린 들꽃이라오

가진 거라곤
욕심이라곤 처음부터 없었다오

수줍듯 배시시 웃으며
그대 가슴에 피었다가
사라져가는 향기 없는 풀꽃이어도

한세월 꽃으로 살 수 있는
그대로가 좋았다오.

거리의 악사

찌는 듯한 무더위
부대끼는 인파 속의 환승역사

색 바랜 청바지에
눌러쓴 검은 벙거지
신들린 듯
온몸으로 연주하는 기타 소리
지나던 발길 붙잡아 세운다

파리한 손끝의 역동적인 선율
폭포처럼 쏟아내는 박진감 넘치는 가창력
번뜩이는 강렬한 눈빛에
한동안 자리를 떠나지 못하는데

앞에 놓인 모금함
일행인 듯
키 작은 여인의 추임새와 함께
삶의 절규가 스피커를 타고
사방으로 퍼진다.

두물머리

아득히 피어오르는
새벽녘의 희뿌연 안개
황포돛배 휘돌아
터줏대감 느티나무 감싸 안고
은빛 강물과 어우러져
신비로움 찬연한데

천 리 길 달려온 양 갈래 물줄기
가쁜 숨 몰아쉬며
한 줄기로 합수되는
한강의 발원 두물머리에

곰실곰실 물안개 수면 위로
피어올라 적막하던 강물이
한 폭의 수채화로 아침을 연다

한양 길 오가던 옛사람들
주막 들러 목축이고
말죽 쑤며 쉬어가던 말죽거리

기적 소리 끊어진 간이역에는
추억만이 머물다 가고
찾아드는 발걸음만 분주한데

유유히 흐르는 강물 따라
천만의 젖줄 생명이 흐른다.

여름

들풀도 주저앉은
여름 한낮

치렁대는 볕살의 춤사위
꽃들마저 숨 가쁜데

소나기 몰아오는
가냘픈 풀벌레 노래

물살 이는 외줄기 울음
싱싱히 번지는 초록 향기

계절이 펄떡대는 가슴에
야윈 몸을 던진다.

안개비

끝없이 펼쳐지는 밤하늘 안개비

어렴풋이 포개지는 촉촉이 젖은 추억

여울지는 사념(思念) 은근히 잡을라치면

가슴에 이는 전율 옷깃을 끌어당긴다.

바다

긴 기다림!
다름과 차이의 혼란에
격앙(激昂)된 가슴 확 트인 바다에 적신다

하늘과 맞닿은 쪽빛 바다
촘촘한 햇살 물결 위에 춤추고
엉킨 회한(悔恨) 포말(泡沫) 되어 부서진다

파도는 바위를 품고
모래를 어루만지며
거친 바다의 속살 닦는다

아픔의 무게만큼 고된 푸른 상처
허우룩한 백사장에
풀어도 좋으련만

지워진 발자국
아득히 펼쳐진 순정(純情)한 백지
소금기 절은 갈매기도 날개 부벼
파도 울음 새긴다

허허롭고 시린 가슴
요동(搖動)치는 짙푸른 바다에 띄우고
붉게 물드는 수평선에 기대어
출렁이는 은빛 햇살을 바라본다.

청정 양구

서울에서 한 시간 삼십 분
양구 벌에 도착하니

오른쪽엔 소양호
왼쪽엔 파로호가
두 팔 벌려 환영하고

하늘은 쪽빛 바다
싱그러운 바람이
가슴속을 헹구어 낸다.

태풍

뒤척이는 심야 삼경, 삭풍 되어 헤적일 때

빗소리에 기대앉아
헝클어진 많은 상념, 풀어헤쳐 보려는데

방울방울 비수 되어
뼛속까지 후비어 치는 미묘한 미소에

애달픔 부여안고 하얀 밤을 지새운다.

귀소(歸巢)

기어이
수직 폭포를
거슬러 오르는 연어

수 없이 추락하는 천 길 낭떠러지
상처투성이로
목숨 건 회귀 본능

험난한 여정
거룩한 소임에 역류하는 힘찬 생명력
필사적인 몸부림

본향을 일깨우는 처절한 모성일래.

단상(斷想)

추억의 언덕
하늘과 맞닿은 그곳에서
허공을 가르던 해맑은 웃음소리

풀잎에 아침이 켜 드는
여름날의 호숫가에도
맑게 갠 가을의 공원에서도

비바람 일고 눈보라 쳐도
가슴에 새겨진
그 초롱초롱한 눈망울 잊지 못하리

석양은 물드는데
그대 눈길은 어디를 향하는가
가두지 못해 야윈 그리움

흐린 영상이 쉼 없이 포개지는
서늘한 가슴
못내 아쉬워 추억의 노을에 젖는다.

산행

푸른 옷 겹겹이 입은 산
긴 능선 따라 펼쳐진 젖빛 운무
산허리 휘감은 초록 나뭇잎
나름의 자태로 너울거린다

하얀 순결의 찔레꽃
발갛게 여문 산딸기 어설픈 유혹은
고만고만한 인연들이 들려주는
제각각의 이야기

유유자적 나무초리 사이로
햇살 굴리는 산새와
난무하는 자연의 숨소리에
자신을 비추며

세월 무게 묵직한 바위산 위용에
가뭇없는 비지땀
무언의 거친 숨소리만
산등성이에 울려 퍼진다.

짝사랑

성큼 들어설 듯한 막연한 기다림
올올이 엉킨 심연의 먹물 타래

소리 없는 그리움 흘려보낼 때
꽃무릇의 사무친 연가 번번이 앞지르네

이지러진 기다림의 이끼
동강 난 흔적에서 버둥거림은 연이 빚은 고리인가

속절없이 이우는 세월의 가지
푸른 숲 가르며 잿빛 하늘 끌어당긴다.

밤나무 나이테

녹음이 짙은 계절
흐드러진 연노란 국수 다발
청정 하늘 배경으로
한바탕 불꽃 잔치 벌이고

여름비 속 향기 뿜던 밤꽃 무리
날 선 가시 요람 속에 가득 품어
송이마다 오금 빛 결실
내밀히 영글게 한다

가을 정취 색색이 물들 때
힘겨워 수그린 가지들로
조심스레 입을 열어
하나둘 세상에 떨어뜨리니

비로소
걸머진 한 해의 노고를 다 내려놓고
청명한 하늘에
늘어졌던 사지를 추슬러 올린다

품고 있던 사랑
내어주는 행복에
밤나무의 가을은
낙엽 앞에서도 빛을 발하고

그러면서
또 한 생애의
나이테를 키워가는 것이리라.

소낙비

하늘이 노하였나

마른하늘에 번개 내걸리고
먹구름 몰려들어

우르릉 쿵쾅!
성난 사자 같구나

순식간에
가로수 허리 꺾이고

죽창처럼
빗줄기가 내리꽂힌다.

잡초의 꿈

검푸른 초록빛 띠는 야생초
제법 무성히 일렁인다

향내 나는 꽃들은 호사스런 찬사에
길길이 널뛰는데
허접한 들풀은 눈길조차 야속하다

외롭고 서러운 늪가에서
무아지경 사랑을 외쳐보지만
갈증으로 허기진 가슴
온통 흔들고 때리는 거센 비바람

빛바랜 꿈인가
정 붙일 수 없는 강마른 벌판
무수히 짓치는 외면에도
숱한 세월이 오늘인 양
차곡차곡 추스르는 외침이 진솔하다.

들꽃

찬란한 꽃비가
대지 위에
쏟아지는데

구릉 옆
키 작은 들꽃 한 송이
서럽게 서럽게
속울음 삼킨다.

제3부

우산

눈 감으면
아련히 떠오르는 그 모습은
자애(慈愛) 향이
서리서리 스민
숭고(崇高)한 우산이었습니다

그 손

정화수 백일정성으로
세상에 난 앙증한 고사리손
어화둥둥 다복하게 성장하여
꽃가마 탄 새색시 고운 손은
둥시런 달빛의 박꽃처럼 탐스럽다

뒤웅박 삶의 꼬부랑길
종종걸음에 쌓인 더께에
어룽지는 뽀얀 외씨버선
속적삼 젖어 들고
물기 거둘 겨를 없는 분주한 손

짠 세월의 긴 터널
덤으로 얻은 지병에 합병증까지
양어깨에 훈장처럼 걸머지고
파리하게 야윈 손 더듬어 찾아든 쉼터

적조한 요양원 일상의 고독
안개처럼 꺼져가는 희뿌연 시력은
보일 듯 보이지 않는 그 누구를 기다리며
버선장갑에 감싸인 두 손 들어 허공을 휘젓는다.

우산

눈 감으면
아련히 떠오르는 그 모습은

자애(慈愛) 향이 서리서리 스민
숭고(崇高)한 우산이었습니다

하얀 구름 위에도
차마 펼칠 수 없는 하해(河海) 같은 사랑

휑한 거리
낙엽 물결만이 휩쓸려 나뒹구는
허허로운 이 가슴에

꿈결 같은 옛이야기와 아스라한 기억들이
지금은 우산입니다.

시래기

한적한 시골 마을
타박타박 고샅길을 거니는데

온 동네
감아 도는 달큰한 향기
시래기 삶는 냄새
처마 밑 담장 옆
새끼줄에 엮은 시래기두름
즐비하게 걸려 있고

부글부글 끓어 넘치는
가마솥의 시래기를
꾹꾹 눌러 다독이는
정갈한 아낙의 모습에서
어머니가 보인다

간장 종지 하나에
옹기종기 모여 앉은 두레 밥상
밥알을 뒤덮은 시래기밥 한 사발에
눈빛 밝아지는 얼굴 반찬들

비워지는 사발 바닥 긁으며
흘끗흘끗 어머니 밥그릇
곁눈질하는 한없는 철부지들

빈 보시기 햇살 가득 채우고
행주치마 질끈 동여매시던 모정

세월 흘러
모두의 사랑 속에
끈적한 향수를 부르는 시래기
낯익은 고향의 맛
그리운 어머니의 향기.

뿌리 꽃

가을비 촉촉이 내립니다

오늘도 채마밭 꼬부랑허리
하늘 향해 치켜 올라갑니다

에워싸는 억새 바람 맞으며
꺼끄러기 손발은 갈퀴로 변하고
꺼멓게 그을려 주름진 이마엔
땀방울이 반짝입니다

누워야 하늘 보이는 굽은 등
새소리 나기 전부터
진종일 햇덩일 이고 잡초와 씨름하며
밭두렁 헤집는 헐렁한 고무신

도시의 자식들
사흘도래 빗발치는 염려 만류에도
끝내 일손 떨치지 못하고
어둠 등지는 질화로 같은 삶

긴 세월 얽어맨 질긴 동아줄입니다

울컥 치밀어 먹먹한 가슴
솟구치는 눈물 뜨겁게 눈시울 붉히지만
더이상 호밋자루 감추지 않습니다

존재의 의미만으로도
무한히 소중하고
무한히 빛나기 때문입니다.

차이

이른 아침
부산한 일상의 욕실 전쟁

싸르르
아랫배를 움켜쥐고 안절부절

다급하여
조심스레 문을 두드린다

잠깐만을 연발하며 할 거 다하고
물기 닦으며 나오는 자녀

샴푸 거품이 뚝뚝 떨어지는 채로
튀어나오는 부모.

멍에

연지곤지 삼회장저고리 단아한 매무새
산 따라 정 따라 꽃가마 따라
꽃길 밟고 떠나누나

풋풋한 옛정 시간 속에 가두고
줄줄이 상전 층층시하(侍下)
긴 치마폭에 감기는 서슬 바람

먼동 트기 전 선잠 깨어
쉼 없이 오르내리는 높은 턱에
무명적삼 흠뻑 젖는가

감아 도는 분주함에
흰 초승달처럼 수척한 심신(心身)
바람처럼 날리는 세월에 꽃은 피고 지는데
고개 숙여 다잡는 묵시적 언약

울컥 고이는 아릿함
서산마루 노을의 긴 그림자도
애잔한 눈빛으로 머뭇거리네.

수타사 소나무

수타사 길목
오솔길 옆 아름드리 소나무 군락
멋들어진 우리네 소나무

하늘을 향한 쭉 뻗은 기상과
마주한 슬픈 얼굴
말없이 서 있는 소나무 서러움이 많은지
잔바람에 흔들리며 울먹인다

일제 강점기
부족한 전쟁물자 욕심 채우려
살갗을 벗기고 붉은 속살 긁어내는
무자비한 고통 견디느라
구불구불 등걸이 휘어진 채

잔학한 일제 수탈 흔적 아픈 시대적 생채기

수십 년 세월에도
뚜렷이 남아 있는 송진 채취의 상흔
쇠약한 노구로

공작산과 천년고찰 수타사를 바라보며
꿋꿋이 서 있는 의연함에 절로 숙연해진다

쭉 뻗어
하늘을 찌르는 기상이 없는 안타까움
우리 민족의 역사처럼 굴곡진 슬픈 상처
저 생생한 흔적은
우리의 기억 속에 길이길이 각인되리라.

북한산 길

어느 작가의 붓 터치인가!

북한산을 잇는
완만히 구부러진 둔덕 도로
길 따라 병풍처럼 죽 늘어선 가로수
간밤 흠씬 내린 봄비에 투명하고 풋풋하다

말간 청청 하늘
평화로이 유영하는 솜털 구름
세안 마친 암석봉우리 뽀얀 이마 눈부시다

코끝에 스치는 감미로운 향기
싸하게 휘감는 산들바람 상큼하다

하늘하늘 햇살에 반들거리는
연둣빛 새순에
투영되는 봄나물의 아련함

시공(時空)은
훌쩍 소싯적 앞마당

오종종한 두레상에 멎는다

장작 가마솥에 갓 데친 여린 잎
조물조물 무쳐 주시던 어머니 손맛

아슴한 그리움
추억만이 세월을 낚는다.

소태나무

"한번 씹어보세요"
차 해설사가 건넨 깃털 모양 작은 초록 잎
망설임 없이 씹어보니…

하도 독한 쓴맛에
귀신도 얼씬 안 한다는 소태나무
한참 후에도 입 안 가득 쓴맛이 얼얼하다

염천 땡볕에 쇠락해진 기운
소태나무 달인 물은 신기하게
입맛 돌아 기력 되살리는 유용 식물

쓴맛의 대명사

동생을 제치고 사생결단
엄마 젖에 매달리던 두 살 터울이
소태맛에는 기겁 놀라 달아났으니

포근 달차근한 엄마 품 떨치는
그 쓰디쓴 기억은 결코 지울 수 없으리.

척

씩씩해 보여 외로움이 없겠는가
굳건해 보여 그리움이 없겠는가

심연에 철썩대는 하얀 파도
사랑한다 아로새겨 절절 되뇌어도

가슴의 계곡 산그늘은 잿빛으로 짙어질 뿐
돌아서는 뒷모습에 슬픔 일어 터지는 속울음

의연한 척 수없이 비우고 다잡아 보지만
눈감으면 아른대는 탯줄 감긴 순백의 눈빛

보일 듯 잡힐 듯 굽이치는 허전함이
마른 가슴에 그득 고이는 가뭇없는 노래여.

시 창작 강의

오늘은 목요일 강의가 있는 날
기대 반 설렘 반으로 기다려진다
조선시대 3대 여류 시인인
황진이, 허난설헌, 이매창의 작품세계와
그들의 생애에 대해 강의를 들었다
황진이의 작품 '동짓달 기나긴 밤을'
열강하는 선생님 감동적이었다

황진이의 작품에서
추상적인 시간을 구체적인 사물로 형상화하여
시간이나 애정의 정서를 참신한 표현 기법으로
임에 대한 사랑을 애틋하게 그려낸
특유의 시 세계를 보고
'새삼 시가 이렇게 아름답구나.'라고
느낄 수 있었다

시와 그림에만 능통한 게 아니라
사랑의 감정도 끝까지 갖고 간 마음을 그리며
기생으로서 황진이의 숨은 그 아름다움에
가슴이 설렌다.

태동(胎動)

묵은 나무 둥치에 수런대는 실핏줄
세상 나들이 채비에 꿈틀거림 분주하다

가파른 음지에 뿌리내린 들풀도
연둣빛 이끼 사이로 새치름히 눈 뜬다

떠오르는 햇살에 푹 절인 초록 씨알
송두리째 들이부어
온 층층에 구름처럼 퍼지는 잎망울

서둘러 연연히 솟아올라
야드르르 들썩이는 새잎들의 춤사위
선잠 깬 고요를 흔든다

어디서 왔는지도 모르는 자연의 순리
돌돌 말아 간직하려는
야무진 순응의 울림 따사롭다.

동백꽃

바닷가에 널려있는
정열의 붉은 빛

거센 해풍에 시달리며
삼동설한 견뎌낸 다홍 몽우리

봄비 입맞춤에 한껏 벙글어
마파람에 화답한다.

무제

길게 늘어진 겨울 배경 끝에
봄기운이 기웃거린다

등 뒤에 걸친 한 줌 겨울 자락
고요의 그림자 촉촉하다

인고의 시간을 박차고 꿈틀대는
강인한 생명력
대지는 잠 못 이루고 몸살 앓는다

수선스러운 봄의 교향악 리듬에
선잠 깬 산자락
잔잔한 강물에 한 폭의 수묵화를 친다.

해바라기

그대
영롱한 눈빛과
해맑은 미소로
둥지 향해 다가올 때

황홀경 충만으로
솜털같이 여린 숨결
감싸 안은 마른자리

주야 정성, 지극 헌신
자연의 순리에
줄 잇는 보람

거목의 날갯짓으로
창공을 향해
화사하게 비상하니

호젓한 둥지
가슴 속의 공허
빈 하늘의
그림자를 바라보네.

산다는 건

세상을 산다는 건
광활한 대자연에 잠시 소풍 나온 것

살다 보면
우연히 흙탕물을 뒤집어쓰기도 하고
나뭇가지에 걸려 상처 나고
그로 인해 아파할 때도 있으며
떠나보내지 않을 것을 놓아 버려야 하는

굽이진 길 위에서 허둥거려도
가벼이 흔들리지 않는 꿈이 있다

운명처럼 주어진 화선지 위에
치솟는 열정 희나리 되어 하얗게 스러져도
알록달록 향기 어린 여정을 그리고 싶다

생김과 빛깔 크기는 달라도
조화롭게 어우러진 조각보처럼.

질주

그대여
붉게 솟아오르는 태양을 향해
거침없이 달려 보았는가

바람결에 흔들리는
억새의 숨결 속에 벌거숭이
삶의 춤을 추어 보았는가

광활하고 오묘한 세상의
이랑을 갈아 한 줌 사랑의 흔적
가슴으로 뿌려 보았는가

그대가 향하는 험난한 길

초자연 힘으로
시공을 초월한 그대의 예리한 감각은
여정의 수심도 꽃처럼 붉게 무늬 지느니

솔향기처럼 은은한 인연으로
쉼 없이 달려 벼랑에 핀 들꽃보다
꼿꼿하고 아름답게 피어야 하지 않겠는가.

제4부

가을 소묘

짱짱했던 가싯길에
얼룩진 땀 자국 어루만지며

발그레 얼굴 붉히는 수줍은 귓가에
나지막이 다가와 속살거린다

기다림

깊어가는 가을
갈바람에 낙엽마저 술렁이는 날
행여 보고픈 이 올 듯하여

목 늘여 향한 창가엔
고요가 물살 짓고
침전한 향수 안개처럼 피어나네

숲처럼 차오르는 수많은 사연
허벙지벙 스쳐버린 지난날의 회한
못다 한 절절한 언어들

애타게 설레는 누군가 그리운 날
성큼 잡히지 않는 기쁨
침묵 위에 서성인다.

늦가을

흔적도 없이 사라지는 그림자처럼
세월의 그늘 속에 내려앉은
바람처럼 공허한 이야기들

마냥 흔들리고 속절없더니
뒷모습의 고영(孤影)이 애처롭다

바람이 일어 마른 잎 구르는 들판
조바심에 갈증 나는 그 서늘한 옷자락
깃발처럼 펄럭인다

휑하니 빈 가슴
기막히게 해맑은 가을빛에
내걸어 놓고
소매 끝으로 눈가를 훔치는
아릿한 쓴맛 안으로 깨물고 있네.

소묘

가을이 불타고 있네

세풍에 휘둘려 침전된 열정
구멍 나 시린 가슴

벌건 단풍처럼 활활 타올랐으면!

구절초(九節草)

바람 이는 산기슭에
지천으로 피어
하얗게 낭창대는 유혹의 춤사위

야윈 계절 아쉬워
흐느끼듯 길게 늘인 목덜미는
그리움이 물큰 젖은 애절함인가

마디마디 사무치는
잔잔한 흰 물결 너머로
이따금 가을볕이 머물다 떠나고

서늘한 달빛만 하얗게 모여드는
가을 끝자락에 쓸쓸히
춤추듯 나부끼는 천상의 소야곡.

만추

사그락사그락 들려오는 소리

사방은 고요히 인적도 없는데
나뭇가지 사이사이로 가을 소리가 난다

맑고 드높은 하늘
부챗살처럼 퍼지는 햇살에
청명하기가 그지없는데

가을바람의 찬 기운에
무성함을 다투던 초록의 풀들
흔들리고 윤기 잃어 갈빛이 되고

가을 기운의 매서움에
푸름으로 가득 채우던 나뭇잎은
하나둘 고엽으로 쌓이네

무덤처럼 묵직한 늦가을의 적요
바라보는 마음마저 숙연한데

허공을 가르는 귀뚜라미 소리는
짜르르 가슴에 울리는
세월 가는 소리.

모든 건 다 지나간다

들판의 늦가을 바람 소리
소리마저 가둔 나무들이
수도승처럼 서 있다

계절은 허물어져
환한 봄빛은 자취를 감추고
걷잡을 수 없는 세월이 흐르면

가슴 떨리던 풋풋한 일도
동동거리며 가슴 태우던 일도
모두가 다 지나간다

나뭇가지 사이로 장엄하게 물든 노을
검푸른 물결 너머로 아득해질 때

내밀히 품었던 만 가지 가슴도
은광이 요요한 텅 빈 들녘으로
흔적 없이 사라진다.

무상(無常) 1

온 세상이
시리도록
청명한 이 가을

귀뚜리는
왜 슬피 우는가!

무상(無常) 2

서릿바람이 흔드는 달밤
들국화 향기에 묻어오는 귀뚜라미 울음소리

우수수 낙엽 지는 산천
이유 없는 그리움은 흘러가는 강물인가

기러기 하늘가에 무리 지어 유연한데

하얗게 바랜 백발
고고한 달빛에 잠 못 드는 청춘아!

가을 문턱

주렁주렁 계절은 익어 가는데
살포시 흔들어 선잠 깨우는
새벽바람

둥글게 살자던 싱그러움
홀연히 떠나고
선한 옛 모습만 어른거린다

가늠할 수 없는 사랑의 깊이
갈바람에 둥둥 떠가며
차마 보일 수 없어 침묵만 지키고 있다.

가을 소묘

촉촉이 이슬 머금은 가을꽃들이
살랑거리며 향기 흔드는 가을바람이

짱짱했던 가싯길에
얼룩진 땀 자국 어루만지며

발그레 얼굴 붉히는 수줍은 귓가에
나직막이 다가와 속살거린다

풍요로운 가을 길 함께 하자고
지절대는 하모니에 흠뻑 젖어보잔다.

그리움

스산한 바람 겹옷 사이에 스며들고
비로 쓴 듯이 맑고 드높은 하늘

아련한 기억 따라
가느다란 길을 내며
여기저기 흩어져 나뒹구는
낙엽의 바스락대는 소리와 거닐 때

은빛 억새밭
일렁이는 뿌연 파도
제철의 아픔이 깃들어진
끊어질 듯 다시 이어지는
애연한 풀벌레 소리가 귓전을 울리는데

곱게 물든 단풍잎 한 움큼에
한기 젖은 옷자락 휩싸 여미며 돌아보니

기적 소리 아득하고
먼 하늘 푸른 그림자
그때의 그 길이 아니었네.

와인 찬가

싸한 소슬바람 옷깃에 스미고
푸석한 가슴 절절히 밀물치는데
응고된 정취 삭여내는
정열의 자줏빛 속삭임

향긋한 입김으로 살포시 감기어
서글픔마저 아우르던 너의 찬가 음미할 제
촉촉이 보듬어 적시는 한줄기 심포니

서늘함이 여울지던 빈 잔에
찰랑대는 추억의 향기
불꽃처럼 헤집는 그리움 호명하며
서정을 읊조리는 나그네.

코스모스

길가 경사진 언덕
하늘거리는 가녀린 몸짓

봄날 포근한 동산 마다하고
이름 모를 풀 틈에 섞여
쓸쓸한 절기 지키는
빈들의 새악시

현혹하며 간질이는
거친 들녘 바람에
부드러운 춤사위로
화답하는 꿋꿋한 절개

바라볼 뿐
한 방울 찬 이슬 보다 낮은
안타까운 연민

청초한 모습
화사하게 단장하고
오지 않는 임 그리며
오늘도 바람결에 너울대누나.

가을 연가(戀歌)

보일 듯 잡힐 듯
흔들리는 기억
가을은 벌써 저만큼 깊어간다

못다 한 사연
투명해야 할 내 작은 기다림
그냥 서성거린다

분별할 수 없는 환상의 조각
발걸음은 제자리인데
시간은 기다리지 않고 앞지르네

홀로 구름 속을 떠가는 허전함
눈치 없는 갈바람은
낙엽을 쓸고 또 쓸어
속절없이 애만 태운다.

추일 서정

잉크 빛 번진 높다란 하늘
소담한 구름송이 배꽃 향 은은하고

산허리 휘감은 새색시 치맛자락
갈바람 주술에 꽃잎 되어 흩날린다

자욱한 벌레 소리 싸하게 젖어 들어
허공에 띄우는 황량한 돌팔매
애연한 여운 포물선을 그린다

떨어지는 단풍잎 쌓이고 뒹굴고
발부리에 걸려 서걱거린다

기러기 하늘 높이 끼룩대며 서성이는데
곱디고운 노을이 낙엽처럼 떠나간다.

가을날

하늘은 고웁고요

바람은 향기롭고요

귀뚜라미는 슬프고요

마음은 살랑거리고요.

산책길

청정 가을바람이
옷깃을 잡아끕니다

꽃향기가 널리고
낙엽 향이 춤을 춥니다

그냥
온몸으로 들이마십니다

양껏.

미련

불타는 낙엽 향기
마음마저 훔쳐가네

서글픈 계절
속절없는 세월

어디로 가는가
찬바람만 부는데.

제5부

요가

'행법' 속에 인생의 희로애락 다 들어 있네
수천 년 이어온
해탈의 경지를 향한 수행
정진 또 정진한다.

요가

세상사 잠시 내려놓고
오직 자신만을 바라보는 시간
호흡으로 온몸 데워
기 순환 유도하고
육신을 도구 삼아 내면을 들여다본다

'행법' 속에 인생의 희로애락 다 들어 있네

수련을 통하여
감정을 다스리고 성찰하며
긍정적 사고와 세상의 아름다움을
바로 보는 눈을 가꾸기 위해
몸과 마음을 정화 시킨다

수천 년 이어온 해탈의 경지를 향한 수행

나마스떼!

정진 또 정진한다.

향기

어두침침한 세상
서러운 삶에 묶인 시간에 휘둘려
익숙지 않은 발자국 새기다
헐벗겨져 가슴 졸이던 하 많은 사연

늦가을 냄새가 발밑에서 스멀거리고
유리구슬처럼 반짝이는 이 가을 햇살 아래
가슴에 고인 풍성한 향기
뉘라서 헤아릴까 그 속내를

해 질 녘 먼 어스름이 눈 안에 들어서면
늠름한 바다가 파도를 끌어안듯
흩어진 사연들 나름의 향기 풍기며
새파랗게 달빛에 쏟아진다.

첫눈

야심한 시각
둥둥거리는 소리 있어
창밖을 내다보니

만삭의 늦가을이
한 손으로
불룩한 배를 움켜잡고

눈 수레를
끌어 오느라
하얀 비지땀을 뿌리더라.

인생

찰나에
섬광으로
찬연히 빛나다

속절없이
스러지는
밤하늘의 불꽃인 것을.

추억의 강

언제나 달려갈 수 있는
가슴에 간직한 소중한 추억의 강

누군가를 뜨겁게 사랑하다가
가슴에 먹먹한 구름이 흐르고
비 오는 날 서럽도록 누군가 그리울 때
빗속을 달려 풍덩 마음을 적셔도 좋으리

강둑 위를 종종거리는
새들의 작은 발소리 들으며
강물에 떠 있는
보름달을 하염없이 바라보고
아장거리며 방긋 웃는 아기 모습에
발걸음 주춤거리는
지금이 바로 그 향기로운 시간

서러워 말자
높푸른 하늘과 지평선 사이는
맑은 강물이 흐르고
연초록 새순은 작설처럼 감미롭다.

여정

길가 가로수엔 새 생명 움트고
힘차게 솟구치는 잎새마다 어리는
아련한 그리움

그 모습에 이끌려 가까이 다가서면
어느새 멀어지네! 저만치

가쁘게 내달려 온 시간의 적막
지금 여기는 어디쯤인가

산들바람 불어와 두 뺨을 스치고
희미해진 옛 그림자 되살아나는 곳
다시 한번 가고 싶어라. 그 추억 속으로

가로수 옷을 벗어 나목이 되고
계절이 지나고 또 지나도
끝없이 걸어가는 길.

반추(反芻)

예전
그대는
강아지풀처럼
동글동글 다가와
빵싯빵싯 마음 간질이더니

이제
그대는
장미 가시처럼
뾰족뾰족 날 돋아
저릿저릿 속절없이 아리네.

설화(雪花)

무손 사연 있어
소복으로 왔는가

엄동설한 홀연히
피어나는 순수의 절정

누구의 시린 혼이런가
한 줌 햇발에 덧없는 찰나의 인연

앙상한 가지 위의 초연한 눈부심
나풀대는 춤사위 애잔하다.

상념(想念)

또 다른 내일이 있어
또 한철을 넘나드는 외줄기 일상이라
싸한 허무가 옴팍한 가슴골을
안개처럼 휘감는다

구름 위를 서성이던 달빛
산 그림자 내려앉은 호숫가의
향기로운 녹색 숨소리
가슴에 묻어둔 애틋한 잔상은 아직 촉촉한데

물보라 치듯 밀려오는 아쉬움
풋풋했던 청청 시절
심중(心中)에 꽃피우던 갖가지 열망
가닥가닥 들춰져 토닥거린다

세월의 파도는 팽팽한 줄다리기
석경(夕景)에 아른대는 하얀 그림자
그리움에 멍들어 서늘해진 심사(心思)는
추억 향기 늪에서 허우적댄다.

계단

한 걸음 두 걸음 올라가니
저녁노을 무지갯빛 강
가슴에 안겨 오네

올라야 할 저 높은 봉우리
석양의 침묵이 흐른다

서두르지 마라 세월아!
온몸에 스며드는 고뇌의 줄기
흐르는 땀방울

사람아!
이제 우리
발걸음만 보자
찬란한 저 하늘가를 향해

한 계단 두 계단….

안개는 사라지고

안개 자욱하고
기지개 켜는 여명의 아침
창공을 가르는 청아한
새들의 노랫소리

풀벌레 꿈틀거리고
봄비 촉촉이 내리는
느슨하고 자유로운 일상

화사한 어느 봄날
낯익은 동창들 모습에서
새삼 묻어나는
연륜과 중년의 묵직함

자욱한 안개
희붐히 걷히고
거스를 수 없는 세월의 무게
자꾸만 만지작거린다

허나

신선한 시향(詩香)이 흐르는
한 잔의 그윽한 커피 향에 감기어
젊음이 부럽지 않은
내일의 자화상을 그려본다.

파잔 의식

땅이 춤춘다
나무 등걸이 맴을 돈다
바닥이 솟구쳐 오르고
하늘이 뒤뚱거리는
극도의 공포

아무리 아무리
별을 불러 보아도 대답이 없네

가물거리는
요람의 달짝지근한 젖 냄새
흐릿해지는 대초원의 평화
하얗게 비워지는 자아
아득히 멀어지는 정체성

오직
커창의 춤사위에
깊고 어두운 밤까지도
길이어야 하는가.

용문사 은행나무

천수백 년 세월을 견디며
천 년 사찰을 지키는 은행나무
그 경건함에 지나온 시간 되돌아보네

사찰 길목 언저리에
통나무로 엮은 아담한 찻집
은행나무 향해 귀 기울여
천 년의 소리를 듣는 듯하고

그윽하게 퍼지는 솔향은
고풍스러운 찻집의 운치를 더하는데
두 손으로 감싸든 차향을 음미하며
세상 시름 삭여본다

사찰을 품을 만큼 훌쩍 큰 은행나무

오가는 중생 보듬어 소진한 기운
서녘 잔바람에 은행잎이 하늘거리고
인연이 손짓하는 계곡의 물소리를
오늘도 묵묵히 듣고 있네.

애마

강산이 변한다는 십여 년 세월

삼복엔 차양막으로
눈보라 혹한에선 보호막으로
황톳길 지름길 기꺼이 동행하는
달리는 요람

칠흑 같은 외진 길도
억수 폭우 속에서도
두 눈 번뜩여 두려움마저 가라앉히는
든든하고 미더운 충견

부대끼는 세상 돌고 돌아
온몸 스쳐 간 세월의 흔적들
흐릿해진 눈빛에 숨소리 거칠고
관절은 삐걱거려도
끝까지 섬김의 끈을 당긴다

이제 보내야 할 시간
손때 절은 애환과 가슴 찡한 아쉬움에

쓰다듬고 만지고
함께 한 시간들 돌아본다

소임 다한 애마
견인차에 매달려 모퉁이를 돌아
멀어지는 뒷모습에 햇살이 눈부시다.

한파(寒波)

갑작스레 몰아닥친 기습 한파
칼바람 서슬에 수북이 쌓인 가랑잎
회오리쳐 제멋대로 나뒹군다

승강장에 이이삼삼 모인 사람들
두툼한 옷차림에 목도리까지 휘감았지만
잔뜩 웅크리고 동동거린다

쌩ㅡ
혹한을 가르는 저 가슴팍
매캐한 푸른 연기에 삶을 매달고
질주하는 오토바이

일제히 시선이 멎는
쳐다만 봐도 오싹한 한기
하얗게 언 몸 움칫 옷깃을 여민다.

열망(熱望)

매일 그대를 대하지만
진정
나는 그대 마음을 보고 싶다오.

누구나 혼자다

텅 빈 공간에서
거실을 비추는 햇살과 논다

고무줄놀이 하는 지 이리 뛰고 저리 뛰고
그러다 햇살이 비키면
화분 위 여린 잎 당기고 뜯고
휴지통 뒤엎어 휘저으며 논다

온 마을이 고요하다
간간이 짹짹거리는 참새의 울음
그도 혼자다

주둥이에 배인 젖냄새 채 가시지 않은
세상살이 반 년 남짓한 방울이
동그란 눈이 말갛게 빛난다고 방울이라 부른다

혼자 놀다 지치면 아무데서나 자다 깨어
설핏한 어스름에 왕왕 울어도 본다
그 누구도 운 줄을 모른다

어둠이 드리워지면 반겨줄 희망과 믿음이
혼자서도 세상을 함께 할 수 있음이라

더디기만 한 기다림의 시간 얼마쯤일까
오도카니 촉각 세워 출입문만 하염없이 바라보는데
서둘러 다가오는 발자국 소리와 낯익은 음성

방울아!

순간 온 세포들이 쭈뼛쭈뼛 하늘로 치솟으며
부르르 경련이 인다.

월영교(月映橋)

사백여 년 긴 잠에서 깨어난
지어미의 숭고하고 애절한 사연

호수의 달빛으로 눈부시게 찬란한 월영교
지아비의 쾌유 기원하랴
머리 풀어 올올이 신을 삼은
안타까움 오롯이 스며든 미투리 형상인가

백발이 성성하도록
어여삐 사랑하자던 언약 속에
가신임의 품에 아로새긴
구구절절 애끊는 사랑의 애가(哀歌)

가슴을 파고드는 교교한 월색
수면 위로 떠오르는
그들의 숭고한 사랑의 달빛은
아름다운 꿈으로 승화하리.

자연과 더불어 사는 시심의 다양한 표현 기법

– 마영임 시집 『시(詩)와 자연의 소리』

신 호(新毫) / 문학평론가

1. 들어가며

따뜻한 햇볕과 멀리 봄바람이 살랑살랑 불어오니 봄이 오는가 보다. 그렇게 엄동설한 강추위가 기승을 부리던 겨울도 계절은 어김없이 변하여 봄의 길목에 들어서고 있다. 당나라 시인 동방규의 시에 나온 춘래불사춘(春来不似春) 그리고 꽃샘추위가 신춘(新春)의 길목에 들어서면서 새소리 물소리 들으며 온갖 꽃을 피운다. 시(詩)로 자연의 소리를 들으며 시의 공간을 이룬 마영임 시인의 시로 향긋한 봄날의 노래를 불러본다.

청향(淸香) 시인의 작품을 읽으면서 가슴 속 깊이 시인의 의식이나 가치관에 대한 자부심을 감지할 수 있었다. 나아가, 관조의 눈빛으로 자연을 바라보는 통찰력 또한 만만치가 않다. 게다가 시인으로서 자각해야 할 정체성이 확립되어 시적 발상으로 승화되어 나타나고 있다. 흔히 '자연은 시인의 스승이다.'라고도 한다. 청향 시인은 사물을 직접 살펴보고 새롭게 인식하려는 노력으로 시의 소재를 찾아 객관적인 눈으로 바르게 보며 자기의 감정이나 사상을 덧붙여 나간다. 특히 인간과 자연과의 관계 및 사물과의 온갖 형태와 변화를 섬세하게 느끼고 그 의미를 찾아내고 있다.

2. 일상에서 얻은 성찰의 메시지

1)「진달래꽃」

훈풍에 설레어 몸살 하는 봄처녀
부추기는 봄 물결에 발그레 홍조 띠누나

산등성이 감아 도는 분홍빛 여울

살랑대며 치맛자락 휘날리어
설렘 풀었는가
꽃신 신고 산자락에 팔랑거려
꽃물 연서 띄웠는가

이 산 저 산 연정을 잉태한 꽃봉오리
수줍은 듯 터트리며 숨어가다

계곡의 물소리 산허리에 걸치면
연두 잎 하나둘

늠실늠실 계절풍에 너울거린다.

소월의 시가 가혹하기 이를 데 없던 일제의 식민통치를 배경으로 한 임과의 이별을 읊은 시(詩)인 데 반하여, 청향 시인의 시는 국권을 되찾은 광명 천지에서, '봄의 전령사'라 할 '진달래꽃'으로부터, '아름다운 사랑을 위해 소중한 때를 놓치지 말라'는 도움말을 듣는데도, 천진무구한 '봄처녀'로선 설렘과 수줍음으로 시간을 흘려보내는 정경을 노래한 시상이다.

그 과정에서 '진달래꽃'과 닮은 '홍조'가 '연정'의 산물인 '연서'로 발전될 가능성이 엿보여, '여울물'과는 시각에 의한 빛깔만이 아니라 청각에 의한 심장의 고동 소리와도 호흡을 맞추어 나가는 듯싶었으나, 아뿔싸! 정신을 차리고 보니 엷은 홍색이던 꽃잎은 어느덧 지고 '연두 잎'이 나기 시작하니, 그 귀취(歸趣)가 주목된다.

2) 「광채(光彩)」

뭇 시선 사로잡는
한 떨기 선홍빛 달리아

눈부신 꽃잎의
화려한 향기

격정의 떨림으로
활짝 나래 펼친 영광의 춤사위

화려함에 숨어 얼비치는
조용한 희생

햇살과 바람 그리고 빗방울.

우선 눈에 띄는 것은, 시상의 핵심인 시제(詩題)를 대상 자체의 이름으로 제시하지 않고 그가 지닌 특성으로 대체시킴으로써, 독자의 관심을 불러일으킨 점부터 평가한다. 왜냐하면 '광채(光彩)'는 구구한 설명이 아닌 강렬한 '선홍빛'에 의해 대상을 단연 으뜸의 경지로 군림(君臨)케 함으로써, 보는 이로 하여금 선택의 겨를 없이 눈이 부시게 만들어, '눈부신 꽃잎의/ 화려한 향기'라는 2연의 공감각적 표현의 발판을 만드는 데 성공하였으며, 그뿐만 아니라 3연에선 촉각 내지는 운동 감각으로 영토를 확장시켜 감정의 절정에 이른 절정을 노래하는 시문학의 본도를 실천하여 독자로 하여금 유례없는 아름다움을 만끽(滿喫)토록 하기에 이르렀다.

실은 이런 수확을 올리는 데에는 또 다른 창의력이 가세하였으니, 첫 연에서 주어에 관형어구를 붙였으니, 이는 단조로운 주술(主術) 관계를 도치시켜 변화를 도모하기 위한 조처(措處)였다. 특히 3연에서의 '나래'가 금상첨화(錦上添花)이니, 율동에 발맞추는 '춤사위'엔 거대하거나 무딘 '날개'는 좀처럼 어울리지 않기 때문이다.

여기까지가 시의 전반부, 곧 일의 결과이고, 그 나머지인 후반은 그 원인이니, 따지고 보면 이 또한 도치의 기교여서, 원인을 숨겨 궁금증을 증폭시킨 뒤에 진상을 보여주는 변화의 원리인 셈이다. 여기서도 간과해선 안 될 보배가 숨겨져 있으니 "구슬이 서 말이라도 꿰어야 보배라"는 속담의 실례라 하겠다. '조용하다'는 어근은 본디 한자어 '종용(從容)'이었으나 오늘날처럼 소리만이 아니라 뜻도 바뀌었다.

그러나, 지금 우리가 읽고 있는 청향 시인의 작품에선 소리(표기)는 바뀌었지만, 뜻은 거의 그대로인 셈이다. 이런 희생이야말로 거룩한 것이어서, 문학으로 하여금 숭고(崇古)의 미덕을 지니게 해 준다.

나아가, 단일 시행으로 구성된 끝 연에서 배울 점은 끝맺기는 질질 끌지 말고 서둘러서 깔끔하게 마쳐야 한다는 이치이니, 줄만 줄인 게 아니라, 대상을 세 가지나 열거하면서도 '바람'과 '빗방울'에 붙을 토씨마저 생략하며 긴축미를 유지했으니, 말하자면 처음부터 끝까지 시작(詩作)에 필요한 일을 줄곧 실천해 보인 게 아니겠는가.

이 작품에서 보여준 '자연'이란 자연 그 자체라기보다는, 자연을 통해 배울 수 있는 모순이나 충돌을 극복할 차원 높은 질서나 문맥에 어울리는 화술이라 하겠다.

3) 「해바라기」

그대
영롱한 눈빛과
해맑은 미소로
둥지 향해 다가올 때

황홀경 충만으로
솜털같이 여린 숨결
감싸 안은 마른자리

주야 정성, 지극 헌신
자연의 순리에
줄 잇는 보람

거목의 날갯짓으로
창공을 향해
화사하게 비상하니

호젓한 둥지
가슴 속의 공허
빈 하늘의
그림자를 바라보네.

이 작품이 남을 위해 희생적인 봉사를 하는 것은 앞의 작품과 같지만, 강한 이에게 왕관을 씌워주는 유형이 아니고 이른바 '바지저고리'로 불리는 사회적 약자를 도와 기사회생(起死回生)케 하며, 행위가 일회성에 그치지 않고 이어지는 데다가, 우화와 상징이 결합한 듯이 교훈적인 이야기가 내포된 점에서 차별화된다.

형편이 어려우나 준수(俊秀)한 이를 화자의 처소인 '둥지'로 맞아들임으로써 상대를 '새'처럼 대우하는 한편, 자신은 태양을 갈망해 머리를 돌리는 '해바라기'로 안주하니, 까닭인즉 뜨거운 광열로 새의 앞날을 비춰주며 진자리를 '마른자리'로 갈아주니, 여성다운 전형적인 희생 봉사적 물욕 아닌 '자연의 순리'이기에 보상이라곤 '보람'뿐이어서, 비유하면 "그림의 떡"일 뿐이다.

세월이 흘러 상대는 비상(飛翔)하는바 '거목의 날갯짓'이 주목(注目)의 대상이 된다. 특히 전자(前者)는 실재인 식물로 착각하게 해 문맥을 의심케 할 수 있는데, 당사자의 입장을 헤아리면 '영달(榮達)'을 이룬 '뛰어난 인재(人才)'임을 알게 된다. 한편, 후자(後者)는 이미 앞에서 확인한 바 있는 '나래'의 본딧말인즉, 주인공의 신체 부분인 양 날개로서, 절대로 나약해선 안 되고 건장해야 한다.

그러나 악조건을 무릅쓰고 큰일을 해낸 해바라기의 입장에서 보면, 일찍이 '내조(內助)의 공(功)'을 다했음에도 영달한 '임'을 그리며, 눈물짓던 중국 청나라 때의 「탄강곡(呑糠曲)」을 떠올리게 한다.

4) 「멍에」

연지 곤지 삼회장저고리 단아한 매무새
산 따라 정 따라 꽃가마 따라
꽃길 밟고 떠나누나

풋풋한 옛정
시간 속에 가두고
줄줄이 상전 층층 시하(侍下)

긴 치마폭에 감기는 서슬 바람

먼동 트기 전 선잠 깨어
쉼 없이 오르내리는 높은 턱에
무명적상 흠뻑 젖는가

감아 도는 분주함에
흰 초승달처럼 수척한 심신(心身)
바람처럼 날리는 세월에 꽃은 피고 지는데
고개 숙여 다잡는 묵시적 언약

울컥 고이는 아릿함
서산마루 노을의 긴 그림자도
애잔한 눈빛으로 머뭇거리네.

'연지 · 곤지'나 '꽃가마'가 '시집가는 혼사(婚事)'의 환유(換喩)라면, 깃 · 소맷부리 · 겨드랑이 세 군데에 장식용 꾸미개를 덧댄 '삼회장(三回裝)저고리'는 한국여성의 매무새의 대유(代喩)로서, 입은 이로 하여금 '옷이 날개라'는 속담과 함께 단연 백미(白眉)임을 보장해 준다.

그런데도 막상 그녀가 당도한 곳은 상상과는 너무도 심한 '턱'의 고장이니, 비단 건축물만이 아니라, 인간관계가 원활하지 않은 현장인 '층층시하'이다. 회장저고리는 간데없고, 무명적삼이 등장하는데, 이 '무명'은 '목면(木綿)'의 토박이말인 동시에, 있으나 마나 별 차이가 나지 않는 이름 없는 '무명(無名)'이란 한자음이기도 한데, 격무에 시달려 금세 밴 땀이 마를 겨를이 없다.

무명처럼 쇠약해짐이 시각화될뿐더러, 고개마저 절로 숙여지며 상황에 적응하느라 스스로 다잡는다. 그런 가운데 삶이 저무는 현장을 노래한 '서산마루 노을의 긴 그림자'(끝에서 제2행)의 중간 어절(노을의) 석 자는 '저녁놀'로 바꾸면 한결 부드러워진다. 의미상으로도 '저녁'이 어울리거니와, '노을'이 줄어든 '놀'도 복수 표준어로 허용됐기 때문이다.

또 한 가지 2연의 '서슬'은 '소슬(蕭瑟)'과 발음이 비슷하여 헷갈리기 쉬우나, 전자는 '시퍼렇다' 같은 색체어를 동반하여 칼날 따위를 빌린 언동의 날카로움에 쓰이지만, 후자는 거문고 따위의 기구를 빌려 소리를 나타내는 데 쓰이니, 여기서는 우수수 떨어지는 나뭇잎 소리의 쓸쓸함에 쓰인 보기이다.

5)「설화(雪花)」

무슨 사연 있어
소복(素服)으로 왔는가

엄동설한 홀연히
피어나는 순수의 절정

그 누구의 시린 혼이런가
한 줌 햇발에 덧없는 찰나의 인연

앙상한 가지 위의 초연한 눈부심

나풀대는 춤사위 애잔하다.

'소슬바람'이 거듭되다 보면, 어느덧 삭풍(朔風)으로 바뀌어 동장군이 행세를 하게 되는데, 그런 틈을 타 눈이 내려 낡은 것들을 덮어 버리니, 이어질 마지막 작품은 전통적으로 쓰여 온 사비유(死譬喩)와 '미화(美化)'에 양다리를 걸친 서정시의 한 갈래인 서경시 「설화(雪花)」로 잡겠다. 앞 작품에 묻어난 갈등과 불만의 응어리를 덮어 버린다는 의미에서도 보람이 있다고 보인다.

이 기승전결(起承轉結)로 구성된 4행시 절구(絕句)에 가까운 형식이다. 각 연이 두 줄로 된 점에서 5언 시보다 7언 시에 어울린다. 그러고 보니 자유시인데도 음위율(音位律)이 밝혀내니, 첫 연의 '왔는가'와 3연이 '혼이런가' 그리고 끝 연의 결어 '애잔하다'는 끝소리가 모두 'ㅏ'모음으로 되어 있기 때문에 각운(脚韻)에 해당된다.

그중에서 먼저 나온 둘은 의문형인데, 묻는 상대가 반응이 없으면 실용보다는 자기 의견을 개진할 '설의(設疑)'를 위한 채비를 차릴 확률이 높다.

더욱이 '혼이런가'는 옛글의 흔적이 남아 있어 고인(古人)들이 즐겼던 운치를 더 준다. 청향 시인도 자신의 아호에 걸맞게 풍류를 즐기며 자연의 소리를 듣기에 십상(十上)인 분위기일 것이다. '혼이던가'의 과거 회상 보어건 '더+ㄴ'의 무딘 자음 '디귿' 음소가 물 흐르듯 부드러운 '리을(ㄹ)' 음소로 바뀐 것도 이런 마음의 여유에 도움이 될 것이기 때문이다. 그러기에 시정 잡사에서 벗어나 '순수의 절정'을 마음껏 누릴 것이 분명해진다. 남이 시키지도 않았는데도 입에서 시가 절로 읊어져 나올 것이다.

이 '읊다'야말로 우리가 아직도 지니지 못한 '시(詩)'라는 문학의 한 장르에 대한 이름, 곧 문학의 세 기본 양식의 하나인 서정 문학의 명사를 행위로 대체시켜 온 토박이말이다. 그 어원은 '입[口(구)]였으나, 음식물 섭취와 관련된 '맛'과는 달리, 삶을 마냥 즐겁게 누리기 위한 '멋'의 역할 분담으로 '입미'이 '읍'으로 바뀌어 '읍브다'라는 동사를 파생시켜 뒤따라 '리을(ㄹ)'이 덧붙은 것이다.

그러나 소리로 표현하던 시간예술이 문자에 의한 공간예술로 바뀜에 따라, 실물을 재생하는 '그리다[畫]'와 더불어 마음속의 간절한 사모의 정을 머릿속에 떠올리는 '그리다[慕]'가 갈라져 나가, '그림'과 '그리움'이라는 명사가 각각 파생되었고, 그중 후자가 '글'과 손을 잡아 문학으로 발전시켰거니와, 그중 서정 양식이 '시'로 정착된 것이다.

6) 「인생」

찰나에
섬광으로
찬연히 빛나다

속절없이
스러지는
밤하늘의 불꽃인 것을!

앞 연은 과소 과장으로 불꽃놀이의 장관을 읊었고, 뒤 연은 그 화려함과 대조되는 속절없음을 읊음으로써 독자로 하여금 숙연한 정을 금할 수 없게 한다.

시작이 있는 것처럼 끝이 있는 인생이기에 분수를 지켜 자신이 꼭 해야 할 일을 진지하게 재검토할 것은 물론이고, 이승에서의 화목과 저승에서의 평온을 함께 누릴 구름다리를 저마다 세워 날라야 할 것이다.

그 일에 1948년도 노벨문학상 수상자인 T. S. 엘리엇은, '4월은 가장 잔인한 달'로 시작되는 수상작 『황무지』에서 사별한 그리움의 간절함을 절절히 읊었거니와, 노경에 들자 『4중주』 등 종교시에 몰입하게 된 것은 너무도 유명한 일화이다.

3. 나가며

지금까지 해설해 온 바와 같이 청향 시인의 첫 시집 『시(詩)와 자연의 소리』는 일정한 지구촌에서 살아갈 인간으로선 어쩔 수 없는 운명임을 다양한 구성법과 화술로 표현한 값진 시편들이다. 청향 시인의 시는 대체로 인간 정신을 기본으로 윤리적인 문제도 시로 승화되어 있음을 들여다볼 수 있다. 또한, 청향 시집에서 보이는 다양한 시적 언어도 평범 속에 비범이란 말이 있듯이 보편성을 유지함으로써 오히려 독자의 공감대를 형성하고 있다는 결론에 이르고 있다.

청향 시인은 오래전부터 시작(詩作)을 하면서 삶을 음미하며 그 가시적인 현실을 시적(詩的)으로 그려내고 있음을 볼 수 있다. 사람과 자연, 사람과 사람 사이에 얽히어 살아가는 현실을 마음을 비운 여유로움으로 투시하여 생활에 시달리는 우리의 마음을 따뜻하게 정화해 나가고 있다. 청향 시인의 시집 『시(詩)와 자연의 소리』의 상재는 우리의 삶을 밝게 하는 또 다른 축복이 아닐 수 없다. 물질적 가치 기준에 의하여 이루어지는 현대적 삶 속에서 시인은 늦게 현실 앞에 능동적 삶을 스스로 던지며 사랑과 인생의 미학을 아름답게 함축시킨 작품을 끊임없이 남기려는 시인의 열정을 잊지 않을 것이다.

〈끝〉

시와 자연의 소리

초판인쇄 2018년 4월 10일 **초판발행** 2018년 4월 15일

지은이 **마영임**
펴낸이 **장현경** 펴낸곳 **엘리트출판사**
등록일 **2013년 2월 22일 제2013-10호**

서울특별시 광진구 긴고랑로15길 11 (중곡동)
전화 **010-5338-7925**
E-mail : **wedgus@hanmail.net**

정가 **10,000원**

ISBN **979-11-87573-11-1 03810**